CABINET DE M. *** *Gigoux*

ESTAMPES ANCIENNES

ET

DESSINS

VENTE : Le 6 Mai 1861.

EXPOSITION PUBLIQUE : Le Dimanche 5 Mai 1861.

Mᵉ **DELBERGUE-CORMONT**, Commissaire-Priseur.

M. **ROCHOUX**, Marchand d'Estampes.

1861

RENOU ET MAULDE
Imprimeurs de la C¹ᵉ des Com.-Priseurs,
Rue de Rivoli, 144.

CABINET DE M. ***

ESTAMPES ANCIENNES

PIÈCES DE DIVERSES ÉCOLES

PORTRAITS

DESSINS

Parmi lesquels plusieurs des Scènes de mœurs du XVIIIe siècle, par MOREAU JEUNE et FREUDEBERG ; un Dessin par CHARLET ;

DONT LA VENTE AURA LIEU

A L'HOTEL DES COMMISSAIRES-PRISEURS, RUE DROUOT, 5

Le LUNDI 6 MAI 1861

SALLE N^O **4**, AU PREMIER ÉTAGE

A une heure précise.

Par le ministère de Me **DELBERGUE-CORMONT**, Commis^{re}-Priseur,
rue de Provence, 8,
Assisté de M. **ROCHOUX**, Marchand d'Estampes,
quai de l'Horloge, 19,
Chez lesquels se distribue le présent Catalogue.

EXPOSITION PUBLIQUE

Le Dimanche 5 Mai 1861, de une heure à cinq heures

PARIS — 1861

ORDRE DE LA VENTE.

A QUATRE HEURES précises, on vendra les numéros suivants :

Numéros 166 à 172, dessins par FREUDEBERG.
  — 179 à 183, dessins par MOREAU jeune.
  — 162   un dessin par CHARLET.

Pour le surplus, l'ordre des numéros sera suivi.

CONDITIONS DE LA VENTE

Elle sera faite au comptant.

Les Acquéreurs paieront, en sus des adjudications, CINQ POUR CENT applicables aux frais.

DÉSIGNATION

DES

ESTAMPES

PIÈCES DE DIVERSES ÉCOLES

1 **Anonyme**, XVIᵉ siècle. Les Vierges sages et les Vierges folles, grande composition en forme de frise, gravée sur bois.

2 — XVIᵉ siècle. Alphabet composé de figures. Sur une seule feuille. Pièce gravée sur bois.

3 — Décollation de saint Jean-Baptiste. Composition énergiquement conçue et exécutée avec une grande vigueur.

4 **Beauvarlet**. La Double surprise, d'après Gérard Dow. Très-belle épreuve.

5 **Benazech** (d'après). Louis XVI avec son confesseur, un instant avant sa mort, gravé par Casenave. In-fol. en largeur.

6 **Boilly** (d'après). La Comparaison des petits pieds ; la Douce résistance. 2 p.

7 **Bolswert** (S.). Silène ivre, d'après Rubens. Composition de trois figures.

8 **Bonasone**. Pièces de l'histoire de Junon, compositions dans un encadrement ornementé. 12 pièces. Belles épreuves.

9 **Bosse** (Abraham). Le Déshabillé de la mariée. Belle épreuve avec l'adresse de Leblond.

10 **Boucher** (d'après). Jeune Baigneuse nue assise au pied d'un piédestal surmonté d'un groupe où figurent deux amours. Charmante pièce à la sanguine avant toute lettre.

11 — L'Amour sur les eaux, charmante composition gravée par Levasseur. Très-belle épreuve.

12 — La Muse Erato. Jolie pièce gravée par Daullé.

13 — La Chasse, jolie composition d'enfants dans un encadrement ornementé, gravé par Leprince. Autre pièce par Demarteau, d'après Leprince.

14 — Trois pièces des éléments gravées par Duflos; l'Ecole de l'amitié, par Daullé, etc. 5 pièces.

15 **Boyvin** (R.). Le Satyre et la Nymphe, d'après L. Penni. R. D. 70. 2e état non décrit, avec le le nom Jullio R., à la place de celui de Lucas Penni.

16 **Camaïeux**, par Andreani, Morelse, etc. 4 pièces.

17 **Coriolano** (Barth.). 1630. La Vierge tenant sur ses genoux l'Enfant Jésus. Jolie pièce en camaïeu.

18 **Corrége** (d'après). La Déposition de la croix gravée par Ravenet. Belle épreuve.

19 — **Demarteau**. Jeune femme vue à mi-corps et lisant, d'après Huet. Jolie pièce à plusieurs crayons.

20 — Jeune femme vue à mi-corps, jouant de la guitare, d'après Huet. Charmante pièce à plusieurs crayons.

21 — Autel de l'Amitié; Repos de sainte Famille, d'après Boucher. 2 pièces à la sanguine.

22 Detroy (d'après). Le Jeu de pied de bœuf; deux jeunes femmes assises à gauche, adossées au mur d'un parc, jouent avec un jeune homme placé devant elles Charmante pièce gravée par C.-N. Cochin. Superbe épreuve avant toute lettre. *Très-rare* en cet état.

23 Divers. Suzanne et les vieillards, par Saenredam, d'après Haerlem ; Lucrèce, par G. Sadeler ; Orgie, par Crispin de Passe, d'après Martin de Vos, etc. 11 pièces.

24 — Bacchanale, par P. Parrocel ; Suzanne, par Surugue, d'après Verkolie ; les Trois Grâces, par Chauveau, etc. 7 pièces.

25 — Paysages à l'eau-forte, par Rudolph Artaria. *H. B.* 23 pièces.

26 Drevet (Pierre). M. de Tressan, archevêque de Rouen, en adoration devant la Vierge et l'Enfant Jésus, pièce dite le grand bréviaire. Superbe épreuve avant toute lettre.

27 — Le même sujet, de moindre dimension, pièce dite le petit bréviaire. Belle épreuve.

28 Dyck (Antoine Van). Adam Van Noort. Beau portrait à l'eau-forte.

29 Fragonard (d'après). Figures pour les contes de Lafontaine. Superbes épreuves avant toute lettre. *Très-rares* en cet état. 18 pièces.

Dans la plupart de ces compositions, Fragonard a mis cette vivacité d'allure, cet esprit fin, ces charmants détails de costume et de décoration qui de nos jours font rechercher avec tant d'ardeur l'école française du xviiie siècle.

30 — Le Contrat, gravé par Blot. Très-belle épreuve.

31 — La Famille du fermier, Beauvarlet *direxit.*

32 Galle (Philippe). Les Nymphes de l'Océan. 18 pièces.

33 **Géricault**. Un cheval debout et tournant la tête vers la droite, à l'eau-forte. C'est la seule pièce connue du maître exécutée de cette manière. Dans le haut, à gauche, existe un chapiteau également à l'eau-forte, gravé sur le même cuivre, par un architecte, ami de Géricault. Hauteur, 155 millimètres. Largeur 100 millimètres.

Il n'existe, dit-on, que deux épreuves de cet essai d'eau-forte du maître, qui est par conséquent de la plus grande rareté.

34 **Gillot** (d'après). Vie de Jésus-Christ. 63 pièces à l'eau-forte, collées dans un album in-4.

35 **Goudt** (comte de). Jupiter et Mercure chez Philémon et Baucis, d'après Elsheimer. Très - belle épreuve.

36 — **Jordaens** (J.). Jupiter enfant, allaité par la chèvre Amalthée; Cacus dérobant les vaches d'Hercule. 2 pièces.

37 **Klass** et **Brand**. Paysages à l'eau-forte. 15 pièces.

38 **Kobell** (Ferdinand). Paysages à l'eau forte. 18 pièces.

39 **Lancret** (d'après). Les Deux amis (contes de Lafontaine), l'une des plus charmantes compositions du maître, gravée par N. de Larmessin. Très-belle épreuve avec l'adresse du graveur.

40 — Le Jeu de pied de bœuf, gravé par N. de Larmessin. Très-belle épreuve avec l'adresse du graveur.

41 — L'Amusement du petit-maître , gravé par de F....

42 — Le Glorieux, l'Adolescence, etc. 8 pièces.

43 **Londonio**. Figures et animaux, 5 pièces.

44 Moreau jeune. La Déclaration de la grossesse, gravé par Martini. 1776.

45 — Les Précautions, gravé par Martini. 1777.

46 — J'en accepte l'heureux présage, gravé par Trière.

47 — N'ayez pas peur, ma bonne amie, gravé par Helman. 1776.

48 — C'est un fils, monsieur, gravé par Baquoy. 1776.

49 — Les Petits parrains, gravé par Baquoy et Patas. 1777.

50 — Les Délices de la maternité, gravé par Helman. 1777.

51 — La Petite loge, gravé par Patas.

52 — La Sortie de l'Opéra, gravé par Martini.

53 — L'Accord parfait, gravé par Helman. 1777.

54 — Le Lever, gravé par Halbou.

55 — La Petite toilette, gravé par Martini.

56 — La Grande toilette, gravé par Romanet.

57 — La Dame du palais de la reine, gravé par Martini. 1777.

58 — La Course des chevaux, gravé par Guttenberg.

59 — Le Pari gagné, gravé par Camligue.

60 — Le Rendez-vous de Marly, gravé par Guttenberg.

61 — La Rencontre au bois de Boulogne, par Guttenberg.

62 — Les Adieux, gravé par N. Delaunay jeune. 1777.

63 — Oui ou Non, gravé par Thomas. 1781.

64 — La Partie de wist, gravé par Dambrun.

65 — Le Souper fin, gravé par Helman. 1781.

Ces pièces forment la suite presque complète du costume moral
et physique, suite des plus intéressantes, où l'on trouve le costume,
l'ameublement, les détails de la vie intime et élégante du xviiie siècle.
Les épreuves sont avec les lettres A. P. D. R. (avec privilége du roi),
qui plus tard furent effacées. Elle sont en outre avec marges et parfaitement conservées.

66 Moro (Batista del). Le Bain de l'enfant Jésus. Belle
pièce.

67 Muller (Jean). Résurrection de Lazare, d'après
Abraham Bloemaert. Très-belle épreuve.

68 Nanteuil et **Edelinck**. Moïse, d'après Ph. de
Champagne, R. D. I, 2e état avant l'adresse de
Drevet. *Rare.*

69 Pater (d'après). Le Concert amoureux ; la Conversation intéressante. 2 jolies pièces gravées par
Fillœul.

70 — La Courtisane amoureuse, jolie pièce gravée
par Fillœul. Très-belle épreuve.

71 — Le Désir de plaire, charmante pièce. Belle épr.
avec marges.

72 — Le Bain, gravé par Duflos. Belle épreuve avec
marges.

73 Perelle. Château et dépendances de Versailles,
jets d'eau, etc. 29 pièces.

74 — **Pesne** (Jean). La Mort de Saphire, d'après le
Poussin. R. D. 19. Belle pièce, 2e état.

75 Photographies, d'après A. Durer. La Sainte
Face, armoiries à la tête de mort ; la Grande fortune, la Sorcière, Vierges, etc. 18 pièces. *Ce numéro pourra être divisé.*

76 — D'ap. Rembrandt : Rembrandt appuyé, Asselyn ;
Triomphe de Mardochée ; le Marchand de mort-aux-rats ; la Grande mariée juive ; Joseph racontant ses
songes, etc. 23 pièces. *Ce numéro pourra être divisé.*

77 — Grand Ecce Homo en largeur ; grande Résurrection de Lazare ; le Bon Samaritain, d'après les eaux-fortes de Rembrandt. 3 pièces.

78 — La Vierge pleurant sur le corps du Christ ; Cléopâtre, d'après Marc-Antoine.

79 Picou (Robert). Jésus livré à ses ennemis, d'après le Bassan, R. D., 7. *Rare*. Cette pièce n'est pas bien conservée.

80 Pinelli. Recueil de 50 costumes pittoresques, exécutés à l'eau-forte, figurant des scènes de mœurs à Rome. Belles épreuves.

81 Pompadour (Mme de). 20 pièces d'après des pierres gravées.

82 Poussin (d'après). La Charité romaine, gravée par Pesne; Assomption de la Vierge, par Duquey, etc. 7 p.

83 Ribera (J.). Saint Pierre. Belle épreuve.

84 Raimondi (Marc-Antoine). Martyre de sainte Félicité. B. 117. Très-belle épreuve mal conservée.

85 Raimondi, La Peste. 417. Epreuve faible.

86 Saint-Non. La Jeune malade, charmante petite pièce à l'eau forte, que l'on croit être gravée d'après une composition de Chardin.

87 Sarte (André del). Diverses compositions d'après lui gravées par Gregori, Zocchi, etc. 5 pièces.

88 Schiavone (André). Buste de femme (13) ; le Jugement de Pâris (16) ; Guerrier combattant une amazone (23) ; la Sibylle de Cumes (25) ; un Homme nu couché par terre (26) ; trois femmes debout (30). Ces sujets sont entourés d'un encadrement ornementé avec figures. 6 pièces, très-belles épreuves du premier état.

89 **Schmidt** (G.-F.). Jeune fille tenant un chien. Jolie pièce dans un ovale, d'après Flinck.

90 **Schut** (Corneille). Martyre de saint Laurent ;
Triomphe de la Paix ; Enlèvement d'Europe ; sujets de vierges, etc., 36 pièces, à l'eau-forte. *Ce
numéro pourra être divisé.*

91 **Tassaert**. Journée du 31 mai 1793 ; Révolte
fomentée par la Montagne contre les Girondins,
qui furent décrétés d'accusation, d'après l'esquisse
du citoyen Harriet. In-fol. en largeur.

92 **Umbach** (Jonas). Sujets et paysages. Jolies petites compositions à l'eau-forte. 20 pièces.

93 **Vérité**. Dévoûment de Mme Elisabeth dans la
journée du 20 juin 1792 ; Séparation de Louis XVI
d'avec sa famille dans la Tour du Temple. 2 pièces
d'après Bouillon, in-fol. en largeur.

94 — Séparation de Marie-Antoinette d'avec sa famille dans la tour du Temple, d'après Bouillon.
In-fol. en largeur.

95 **Watteau** (d'après). Composition de neuf figures
gravée par Caylus ; à gauche, un jeune homme
coiffé d'un bonnet à la Mezetin, dansant avec une
jeune femme.

96 — Etudes d'après nature, gravées par Boucher et
autres. 11 pièces.

97 — Costumes chinois gravés par Boucher. 12 pièces.

98 **Wierix** (Jean et Antoine). Mater triumphatrix,
mediatrix, advocata, vixtrix, etc. 8 pièces. Très-
belles épreuves.

99 — Divers petits sujets religieux. 19 pièces.

100 — **Will**. L'Instruction paternelle, d'après Ter-
burg.

101 — Les Musiciens ambulants, d'après Diétrici ; le Concert de famille, d'après Schalken. 2 pièces.

102 — L'Observateur distrait, d'après Mieris. Jolie pièce. Belle épreuve.

103 — La Devideuse, mère de Gérard Dow ; la Liseuse. 2 pièces, d'après G. Dow.

104 — Bonne femme de Normandie ; sœur de la bonne femme de Normandie ; sapeur des gardes suisses. 3 pièces.

105 **Wouvermans** (d'après). L'Abreuvoir hollandais ; Récréation militaire ; la Fontaine de Vénus ; l'Abreuvoir ; la Buvette des dames, etc. 20 pièces gravées par Moyreau, Pelletier, Chedel, Ozanne, etc. *Ce numéro pourra être divisé.*

106 — Diverses compositions gravées par **Duret**, Ravenet, etc. 13 pièces.

107 — Collection des têtes du célèbre tableau de la Cène, par Léonard de Vinci, calqué et dessiné sur le tableau original, par M. Dutertre. En 14 planches. Paris, chez Jean, 1808, 1 vol.

PORTRAITS

108 **Audouin**. Comte d'Artois, d'après Saint ; Duchesse de Berri, d'après Hesse. 2 p.

109 **Bervic**. Senac de Meilhan, d'après Duplessis. Beau portrait, in-fol.

110 **Cathelin**. Louis le Bien-Aimé, en pied, revêtu du manteau royal, d'après Vanloo, grand in-fol.

111 **David** (François). César-Gabriel de Choiseul, duc de Praslin, d'après Roslin ; in-fol.

112 Delphius (G.-J.). Comte et comtesse de Culen-
borg, d'après Mireveld; deux beaux portraits, in-
fol. Très-belles épreuves.

113 Divers. Barthélemy Spranger, gravé par **J.** Muller; Daniel Heinsius, par Suyderhoef; portrait
d'homme, d'après **L.** de Vinci, par Folkema, etc.
9 portraits.

114 Drevet (Pierre). Louis-Alexandre de Bourbon,
comte de Toulouse, d'après Rigaud, in-fol.; chef-
d'œuvre d'exécution. Première et superbe épreuve
avant beaucoup de changements, dans diverses
parties. Nous signalerons notamment ces diffé-
rences :

Dans cette première épreuve, les noms autour de la bordure sont
en lettres plus grandes. La bordure n'est pas régularisée ; elle est
interrompue par des échancrures dont une sépare en deux le mot
offerebat, figurant ainsi : *offe   rebat.*

La dédicace est ainsi conçue : « Offerebat Joannes-Baptista Thi-
bault, Americo Martinicanus. » Dans l'écusson armorié une ancre
de chaque côté du bas. L'ovale de la bordure pose sur une tablette
droite, les noms des artistes à droite et à gauche de la tablette.

Dans les états postérieurs, les lettres plus petites, la bordure régularisée, les noms des dédicataires changés. Il n'y a plus qu'une
ancre soutenant l'écusson. La tablette soutenant l'ovale est creusée
en cintre. Les noms des artistes sont placés au bas, au-dessus du
trait carré à droite et à gauche.

115 — Fr. Paul de Neuville, de Villeroy, archevêque
de Lyon, d'ap. Santerre, petit in-fol.

116 — Nicolas Lambert, seigneur de Thorigny, d'a-
près Largillière, in-fol.

117 Durr (Joh.). Christine, reine de Suède; beau portrait, in-fol.

118 Edelinck (G.). Pierre-Vincent Bertin, d'ap. Largillière, R. D. 149, 3ᵉ état; Ferdinand, évêque de
Paderborn, 203.

119 **Edelinck** (Jean). Jean-André, comte de Morstin, grand trésorier du royaume de Pologne, in-fol.

120 **Fiquet** (Étienne). Charles Eisen, d'ap. Vispré. Charmant petit portrait, in-8.

121 **Forster**. Marmont, duc de Raguse, d'ap. Muneret, in-fol. Très-belle épr.

122 **Gaillard**. Étienne-René-Potier de Gèvres, cardinal, d'ap. Pompeo-Battoni, in-fol.

123 **Gudin**. Duchesse de Berri, d'après Hesse, in-fol.

124 **Kilian** (Barthélemy). Jean III, roi de Pologne, duc de Lithuanie, en buste, grand comme nature, d'apr. Adrien Bloemaert, in-fol. Très-belle épr. *Excessivement rare.*

125 **Lepautre** (Jean). Son portrait, au milieu du haut du titre, dans un médaillon ovale, entouré d'une couronne de fleurs. Très-belle épreuve avant la lettre, sur la bande de papier, au-dessous du portrait.

126 **Masson** (Antoine). Pierre Dupuis, peintre de fleurs, d'ap. N. Mignard. R. D. 25. *Belle pièce.*

127 **Mellan** (Cl.). Anne d'Autriche, in-fol. Très belle épreuve.

128 — Cardinal de Richelieu. Il est coiffé d'un bonnet carré. Beau portrait, in-fol. *Rare.*

129 — Jean-Louis Habert; autre portrait, sans nom de personnage. 2 p.

130 **Muller** (Jean). Albert, archiduc d'Autriche, et Isabelle-Claire-Eugénie, infante d'Espagne, d'ap. Rubens. 2 beaux portraits, in-fol.

131 **Nanteuil**. Godefroy-Maurice de La Tour d'Auvergne, duc de Bouillon, grand chambellan de France. R. D. 50. 4e état. Il y a de cette pièce 3 états postérieurs, in-fol. Belle épreuve.

132 — Charles de Lorraine, V^e du nom. R. D. 63.;
in-fol. Très-belle épreuve.

133 **Picart**. (Étienne), dit le Romain. Françoise-
Athénaïs de Rochechouart, marquise de Montes-
pan, in-fol. Très-belle épreuve. *Rare.*
  C'est le portrait le plus authentique du personnage.

134 **Pitteri**. (Marcus). Scipion Maffei, d'ap. F. Lo-
renzi. Beau portrait, in-fol.

135 **Reynolds** (S. W.). William. H. W. Betty, in-fol.
à la manière noire.

136 **Roullet**. François Michel, maréchal-ferrant, à
Salon, en Provence. Revenant un soir chez lui, il
fut arrêté dans la campagne par un spectre armé
d'un flambeau, et en reçut l'ordre de révéler
à Louis XIV des secrets qui lui furent communi-
qués (avril 1697). In-4, superbe épreuve avant
la lettre. *Rare en cet état.* Il existe dans la tablette,
au bas du portrait, un texte manuscrit.

137 **Sailliard**. Héléna, femme de Rubens, d'ap. Van
Dyck.

138 **Will** (J.-G.). François-Louis-Anne de Neuville,
duc de Villeroy, d'ap. Chevalier, in-fol. Très-
belle épreuve, avec marges.

139 — Pierre de Guérin, cardinal de Tencin, d'après
Parocel, in-fol.

140 — Nicolas-René Berrier, ancien lieutenant géné-
ral de police, d'ap. de Lyen, in-fol. Il existe une
déchirure dans la marge du bas — Cardinal Co-
lonna, d'ap. P. Battoni.

ORNEMENTS

141 **Anonyme.** Époque Louis XV. Ornements pour
servir à des plaques de cuivre sur les meubles.
16 p.

142 **Bossi** (R.). Mascarade à la grecque. 10 p. , plus
2 feuilles avis et texte.

143 **Boucher fils.** Arabesques pour décorations
d'intérieur. 18 p.

144 **Cauvet.** Vases de formes variées. 12 p.

145 **Demarteau l'aîné.** 6 p., trophées.

146 **Divers.** Cartouches de Labelle, guirlandes de
Quellinus, etc. 36 p.

147 — Titres d'ouvrages du xviiie siècle, d'ap. Eisen,
Marillier, Gravelot, etc. 33 p.

148 — Culs de lampe et têtes de pages tirés d'ouvrages du xviiie siècle, d'ap. Choffard, Eisen, Marillier. 76 p.

149 — Vases Saly, Bouchardon; trophées de Que-
verdo, etc. 9 p.

150 — Ornements. 27 p.

151 **Eisen** (C). *Inv. et del.* Un vase. On voit sur la
face Silène ivre et une danse de satyres; au-dessous, un mascaron.

152 **Lepautre.** Alcôves, trophées, vases. 13 p.

153 — Grands vases, avec l'adresse de Mariette. 5 p.

154 **Sallembier.** Jolies frises d'ornements. 6 feuilles
à 4 sur la même feuille.

155 **Vénitien** (Augustin). 1536. Chapiteaux, corni-
ches. 6 p. Belles épr.

156 **Vrièse.** Planches tirées de sa perspective, fontai-
nes, 10 p.

DESSINS

157 Anonyme. Vénus est représentée assise, à gauche, un Amour monte sur sés genoux ; un autre Amour, placé à droite, met des flèches dans son carquois. Charmant petit dessin, très-terminé.

158 Boichot. Le Christ porté au tombeau. Composition de neuf figures. Beau dessin, très-terminé, à la sanguine. (Encadré.)

159 Bonnington et autres (Attribué à). 6 dessins.

160 Buonarotti, Michel-Ange (Attribué à). Femme couchée à gauche ; et à droite, un buste de femme vue de profil. Beau dessin à la plume.

161 Cellini (Benvenuto). Tête de guerrier, avec casque ; dessin à la plume, lavé de bistre. — Mercure et Argus, paysage ; dessin à la plume, attribué à Cantarini. 2 p.

162 Charlet. Intérieur de forêt. Au bas, vers la droite, on voit deux naïfs chasseurs parisiens surpris par un garde-champêtre à l'air narquois. L'un des chasseurs en contravention se cache derrière l'autre. Dans cette composition des plus capitales du maître, le paysage est admirablement rendu, et dans ses figures, Charlet a saisi avec cet esprit qu'on lui connaît l'allure embarrassée des deux bourgeois et la physionomie remplie de malice du garde-champêtre.

Beau dessin à la sépia, très-fini et du meilleur temps du maître.

163 **Divers.** Paysages, par P. de Molyn, Jean Savery,
etc. 5 dessins.

164 — Deux dessins, par Tobie Stimmer, dont un Repos en Égypte ; sujet mythologique, par Punt, etc.
5 dessins.

164 bis. — Enfant en pied, attribué au Corrège ; Paysage, attribué à Tempeste ; Reine couronnée par la
Victoire, attribué à Galtzius. 3 dessins.

165 — Paysages, attribués au Titien et à Annibal Car-
rache. 3 dessins.

166 **Freudeberg**. Intérieur d'appartement ; une
jeune femme assise, à droite, sur un canapé, s'est
endormie en lisant ; un galant regarde par une
porte-fenêtre placée à gauche, et prend la taille
d'une jeune femme de chambre, qui paraît vou-
loir s'opposer à son indiscrétion.

167 — Intérieur de chambre à coucher, éclairée par
une girandole à trois branches. Une jeune ser-
vante passe une bassinoire dans lo lit, tandis
qu'une femme de chambre achève la toilette de
nuit de sa jeune maîtresse.

168 — Intérieur d'appartement, élégamment décoré.
L'on y voit une jeune femme assise devant un travail
de broderie ; elle se tourne vers un jeune homme
assis à droite et semble examiner les broderies de
son gilet.

169 — Une jeune femme est debout. Au milieu de la
composition, un jeune homme, masqué et age-
nouillé à ses pieds, saisit la main d'une jeune
femme, placée derrière la première.

170 — Intérieur d'un parc. Un jeune abbé est assis à gauche et retient par la main une jeune jardinière qui semble lui indiquer deux jolies promeneuses, venant de la droite.

171 — Une Soirée. Un jeune homme est debout près d'une cheminée, entre deux jeunes femmes assises l'une à gauche, l'autre à droite; cette dernière glisse une lettre dans la main du jeune homme.

172 — 1771. Intérieur dans lequel se trouvent deux jeunes amants debout, près d'un canapé; une porte presque fermée, à droite, retient une partie de jupe d'une dame qui sort. Un petit chien aboie près de la porte.

Ces sept dessins sont exécutés à la plume, lavés de bistre et rehaussés de blanc. Freudeberg peut être placé pour le charme de ses compositions, pour l'élégance de ses décorations d'intérieur, à côté des peintres les plus gracieux des scènes de mœurs du XVIII° siècle. L'on trouve chez lui de la finesse d'observation et des détails piquants qui le font vivement rechercher.

173 Géricault. Combat d'un tigre et d'un lion, lavé et colorié à plusieurs tons; sur la même feuille, têtes de lions, études au crayon; études de chevaux, etc. 3 dessins.

174 — Tête d'homme, figure remplie d'expression, au crayon noir rehaussé de blanc. (Encadré.)

175 Lallemand. Groupe de musiciens; à gauche, un joueur de flûte; au milieu, jeune femme jouant de la guitare; à droite, un joueur de violon. Joli dessin à la plume, lavé à l'encre de Chine. Deux autres dessins, par Desrais et Monnet.

176 Lantara. Paysages. 3 jolis dessins au crayon.

177 Lesueur. Etude de figure largement drapée, pour composition religieuse ; — Guerrier renversé se couvrant de son bouclier ; au-dessous, trois figures de guerriers ; dessin à la plume, par Louis David.

178 Moreau jeune, 1782. Colonne surmontée du buste d'un personnage, au-dessous duquel un génie debout, à gauche, trace ce mot : IMMORTALITATI. Beau dessin à la plume, lavé et colorié à plusieurs tons.

179 Les Adieux. Au bas, à droite, le nom de l'artiste et la date 1776.

180 La Petite loge. Au bas, à droite, le nom de l'artiste, avec la date 1777.

181 Le Souper fin. Au bas, à droite, le nom de l'artiste et la date 1777.

182 Oui ou Non. Au bas, à gauche, le nom de l'artiste, avec la date 1778.

183 Le Lever. Au bas, à droite, le nom de l'artiste et la date 1778.

Ces cinq dessins sont exécutés à la plume, lavés de bistre et rehaussés de blanc.

La suite de Moreau le jeune, le costume physique et moral du XVIIIe siècle qui a été gravée dans son entier est parfaitement connue. Notre catalogue en décrit du reste 22 pièces. Il est curieux de voir les dessins originaux de plusieurs à côté des traductions. Aucun artiste ne nous a laissé une peinture plus fidèle des premiers temps de Louis XVI. On retrouve là tous les détails de la vie intime, de l'ameublement, du costume. Le dessin est plein de verve et de la plus grande élégance, les figures pétillent d'esprit, les attitudes sont rendues avec vérité. C'est le dernier reflet de la vie insoucieuse du règne précédent, de la vie de grand seigneur, où l'on s'oubliait dans le faste, dans l'amour joyeux et facile. Ces dessins sont d'autant plus précieux, qu'ils sont dûs à l'un des artistes les plus charmants du XVIIIe siècle.

184 **Raffet.** Costumes militaires. Deux chasseurs en
pied, l'un en face de l'autre. Dessin lavé et colorié
à plusieurs tons.

185 **Titien** (Attribué au). Frises composées d'enfants,
etc. 4 dessins.

186 Sous ce numéro, dessins de divers maîtres non
catalogués, et qui seront vendus en divers lots.

187 Sous ce numéro, seront vendues par lots un grand
nombre d'estampes anciennes de diverses écoles.

Renou et Maulde, Imprimeurs de la Compagnie des Commissaires-Priseurs,
144, rue de Rivoli.   1857